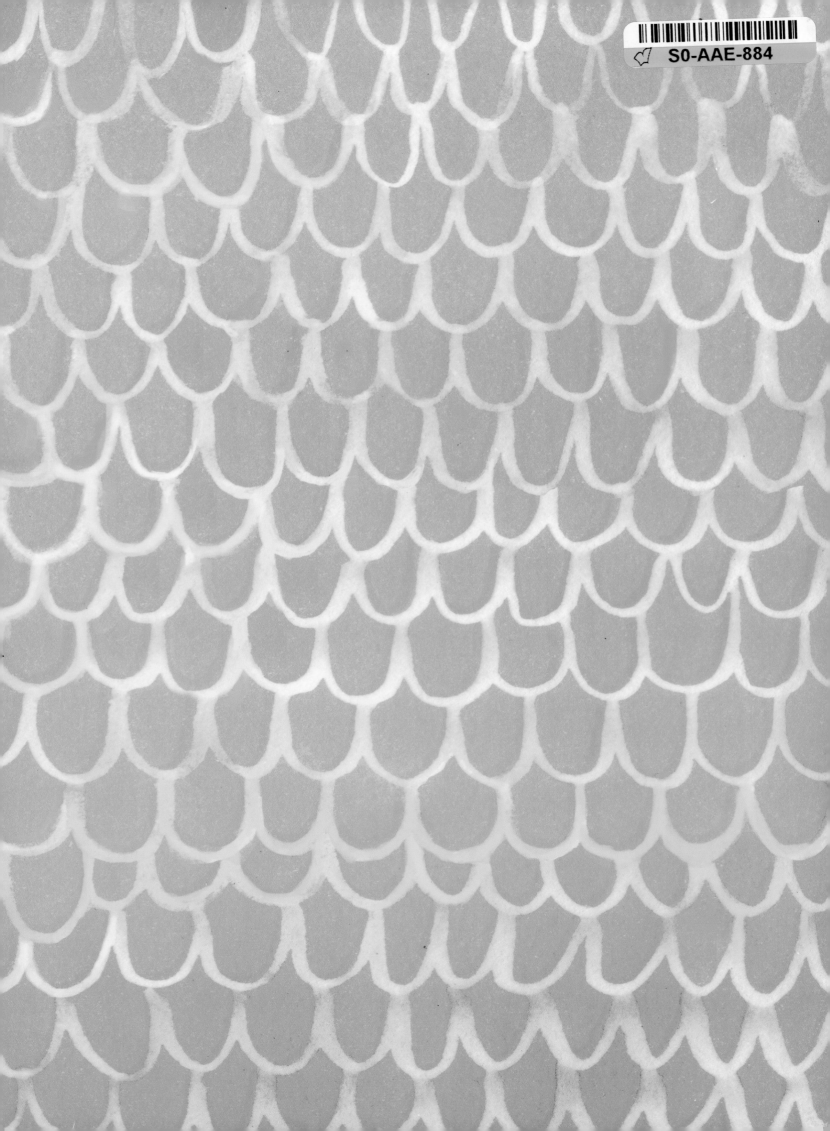

Muchas gracias a Juanjo Boya por su saber hacer y por creer en dragones; a Javier Masero por su arte; a Helena, Ot, Ula y Jacob por la inspiración; y siempre, siempre, gracias a Pere, mi padre, por todo.

1.ª edición: marzo 2015

© 2015 Raquel Garcia Ulldemolins
© Ediciones B, S. A., 2015 para el sello B de Blok

Consell de Cent, 425-427
08009 Barcelona (España)
www.edicionesb.com

Diseño y realización editorial: estudioIDEE / Oh!Books

Printed in Spain

ISBN: 978-84-16075-45-4
Depósito legal: B 1461-2015
Impreso por ROLPRESS

RAQUEL GU

DRAGONARIO

Un catálogo de dragonas y dragones

Para Jacob y sus sueños

B DE BLOK

El dragón pendenciero
se burla del caballero.

¡El caballero está muy indignado!
¡Qué dragón tan maleducado!

Para el dragón es un aburrimiento
ser cada día el malo del cuento.

A la dragona de la laguna
le gusta mirar la luna.

De noche sale del agua, impaciente,
para ver su luz resplandeciente.

Después se zambulle, contenta,
y sueña que la luna sabe a menta.

Jacobo tiene un dragón risueño
que sabe cómo atrapar los sueños.

Los guarda todos en un tarro
que siempre lleva bien cerrado.

A Jacobo le presta los más bonitos,
sean grandes, medianos o chiquititos.

La dragona de color verde
sale de casa y se pierde.

No es que sea despistada,
¡es que queda camuflada!

Y aunque tiene muy buen tino,
después no encuentra el camino.

El dragón de Julieta
ya sabe ir en bicicleta.

Ha aprendido en un periquete,
porque solo sabía ir en patinete.

Ahora el problema es decidir
con cuál de los dos quiere salir.

Al dragón de la llanura
se le da bien la costura.

Como le gusta mucho el ganchillo,
hizo un gorro para el armadillo.

Ya sabe tejer calcetines con brío,
así este invierno no pasará frío.

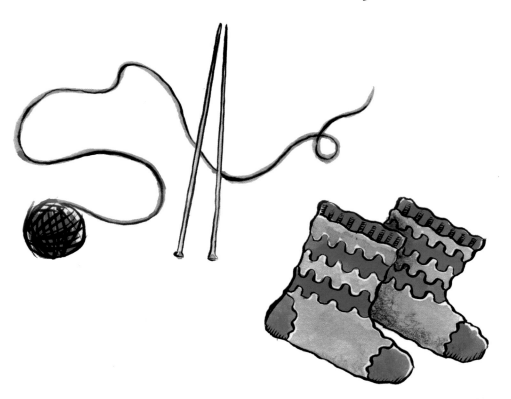

17

BLABLABLABLABLABL
BLABLABLABLABLAB
BLABLABLA
BLA
BLABLABLA
BLA

BLA BLA BLA BLA BLA BLA

Max tiene una dragona parlanchina
que llegó volando, volando desde China.

Le cuenta cuentos para ir a la cama
todos los días de la semana.

Y si se queda afónica, ¡atención!,
Max le da leche con miel y limón.

BLA BLA

Para la dragona del fuego
las barbacoas son un juego.

Prepara de maravilla
hamburguesas a la parrilla.

Y si nadie mira, la muy pilla,
da un bocado a la morcilla.

Al dragón de la ciudad
no le gusta la suciedad.

El humo le da tos y le molesta,
¡Ay, qué vida tan funesta!

Para volver a sonreír,
se irá al campo a vivir.

El dragón de la colina
lleva una corbata fina.

Desde el mes de enero
usa bastón y sombrero.

Y se ha dejado bigotito
porque se cree un señorito.

Parece que el día nunca termina
para la dragona bailarina.

Le gusta tanto bailar y salir,
que nunca quiere irse a dormir.

Pero tarde o temprano se acuesta,
¡mañana continuará la fiesta!

Frioleros, despistados, bailones...
¡Hay muchos tipos de dragones!

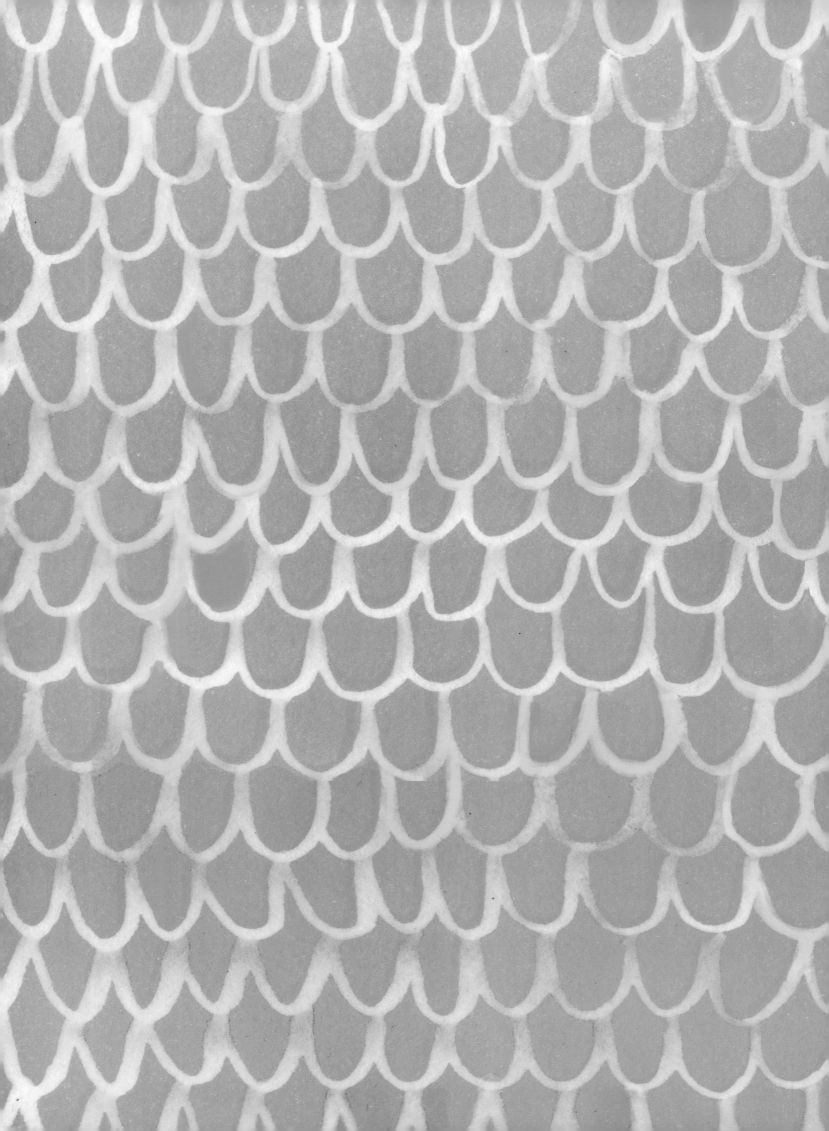